UNE

GRANDE LUTTE D'IDÉES

dans la Chine antérieure à notre ère

MENG-TSE, SIUN-TSE, YANG-TSE ET MEH-TSE

PAR

LEON DE ROSNY

*Extrait du VIIe volume de la Bibliothèque de l'École
des Hautes Études. Sciences religieuses.*

PARIS

ERNEST LEROUX, ÉDITEUR

28, RUE BONAPARTE, 28

—

1896

UNE
GRANDE LUTTE D'IDÉES

dans la Chine antérieure à notre ère

 MENG-TSE, SIUN-TSE, YANG-TSE ET MEH-TSE

PAR

LEON DE ROSNY

*Extrait du VIIe volume de la Bibliothèque de l'École
des Hautes Études. Sciences religieuses.*

PARIS
ERNEST LEROUX, ÉDITEUR
28, RUE BONAPARTE, 28

1896

UNE

GRANDE LUTTE D'IDÉES

DANS LA CHINE ANTÉRIEURE A NOTRE ÈRE

MENG–TSE, SIUN–TSE, YANG–TSE ET MEH–TSE

Par Léon de ROSNY

« A l'heure où nous sommes, a dit M. Albert Réville, il n'y a plus que deux civilisations dans le monde, la nôtre et la chinoise[1]. » Cette idée, en apparence un peu humouristique et paradoxale, n'en est pas moins une idée vraie. Je soutiens même qu'elle ne doit pas seulement préoccuper les savants et les penseurs, et que les hommes d'État auraient grand tort de ne pas en faire dès aujourd'hui l'objet de leurs plus sérieuses méditations. N'ayant point à examiner ici les conséquences graves que l'oubli d'une telle idée peut avoir pour nous, et cela dans un avenir sans doute plus prochain qu'on ne le pense d'ordinaire en Europe, je ne l'envisagerai pas en ce moment au point de vue de nos intérêts politiques, industriels et commerciaux, et je me bornerai à en tirer parti pour définir le caractère essentiellement *sui generis* de l'évolution religieuse en Chine.

Les divergences entre notre manière de comprendre la vie et celle des Chinois sont aussi catégoriques que possible. Nous hésitons sans cesse à faire de la religion et de la philo-

---

1. *La Religion chinoise*, 1889, p. 2.

sophie une seule et même chose : ils n'arrivent pas à comprendre qu'elles puissent avoir un objectif différent. La séparation de l'Église et de l'État, d'une façon plus ou moins formelle, plus ou moins complète, nous a toujours préoccupés : ils ne voient pas comment l'État pourrait exister s'il n'avait pas pour assise fondamentale, pour assise en quelque sorte unique, le dogmatisme moral et religieux. Nous nous plaisons à modifier sans cesse nos lois et à en inventer de nouvelles, convaincus que le progrès, dont le mot nous fascine, exige qu'il en soit ainsi : ils pensent qu'il existe des principes éternels et immuables qui s'opposent à tout changement dans la législation « humaine », et ils ne veulent admettre à aucun prix la légitimité d'un code quelconque dont un seul article ne serait pas absolument conforme à ces principes. Nous sommes enthousiastes de la « liberté », qui n'est souvent rien de plus qu'un mot, et qui n'en berce pas moins notre existence des plus naïves illusions : ce mot, ils ne le possèdent même pas dans le dictionnaire de leur langue, où ils le trouveraient aussi inutile que malséant. Nous parlons sans cesse de « l'égalité » et nous en proclamons la formule avec une douce hypocrisie : ils déclarent hautement que l'égalité n'existe pas, ne peut pas exister et ne doit pas exister en ce monde. Nous professons le culte de la force, bien qu'il nous plaise parfois de nous en défendre : ils n'éprouvent pour ce culte que le plus souverain dégoût. Nous sommes fiers de nos victoires sur les champs de carnage, et nous nous livrons le cœur léger à d'horribles hécatombes, tout en balbutiant au temple les premiers mots du Décalogue : « Tu ne tueras pas : » ils sont indifférents pour les hauts faits d'armes, convaincus qu'une défaite suit toujours un triomphe, comme l'ombre suit inévitablement le corps. Avec cette manière de voir, ils ont sans doute été souvent vaincus par leurs voisins, on pourrait presque dire par les premiers venus; mais les vainqueurs qui se sont établis chez eux n'ont jamais tardé à disparaître et à s'anéan-

tir. Et si nous leur parlons des brillants avantages de nos
engins de destruction, de nos progrès industriels et somp-
tuaires, de nos découvertes scientifiques, ils ne daignent pas
même nous répondre. Il leur semble que l'histoire répond
pour eux. L'histoire nous apprend, en effet, que tous les
grands empires de l'Occident, à la suite de périodes de
grandeur discutable et de décadence certaine, arrivent
à l'extinction. Ces grands empires, après avoir terrifié le
monde par leurs insatiables ambitions et par leur amour
du terrorisme et du brigandage, ont tous fini piteusement,
abandonnant la place à d'autres empires condamnés à disparaître à leur tour dans les mêmes conditions. La Chine, elle
seule, a connu l'art de survivre à tous les cataclysmes et de
se perpétuer d'âge en âge. De nos jours, elle représente
encore sur le globe la plus populeuse, et je n'hésite guère à
dire la plus vitale de toutes les nations du monde.

Mise en parallèle avec la nôtre, la civilisation chinoise se
signale de la sorte par les plus frappantes antinomies. Nous
nous vantons de notre supériorité : les Chinois nous rendent
dédaigneusement la pareille. Suivant les esprits les plus
éminents de la « race Confucéiste », — qu'on me pardonne
cette expression; je la crois plus significative et plus juste
en ethnographie que l'expression « race Jaune », — notre
civilisation a pour objectif la jouissance matérielle; la leur
a pour but la satisfaction morale. Cette manière de voir a
été exposée récemment d'une façon remarquable par un
lettré de la Cochinchine, M. Petrus Tru'o'ng Vinh-ky [1],
très apprécié depuis longtemps par ses beaux travaux de
philologie et d'érudition, mais dont on ne connaissait pas
encore les rares aptitudes dans le domaine des recherches
spéculatives. D'après ce savant Annamite, l'antagonisme
absolu qui existe entre la civilisation des Chinois et celle

1. Dans les *Annales de l'Alliance Scientifique*, 1895, t. IV, p. 334
et suiv.

des autres peuples du monde est exprimé en philosophie par les deux mots *li* et *sou*, le premier répondant à l'idée de « raison », et le second à l'idée de « calcul ». « Par *li* « raison », écrit M. Tru'o'ng Vinh-ky, on entend l'ensemble des principes moraux agissant sur les règles de conduite et les bonnes mœurs (éducation nationale); et par *sou* « nombre », on entend les sciences naturelles, physiques et mathématiques. Ces deux termes ou mouvements opposés ne peuvent jamais se trouver d'accord dans le même sens ou marcher de front avec la même intensité, c'est-à-dire sans que l'un ne soit prépondérant sur l'autre. L'un ou l'autre doit prédominer dans le cours de la vie des peuples[1] ». — Je me propose de revenir ailleurs sur cette importante théorie que l'éminent Asiatique a fait connaître dans un mémoire rédigé en langue française, dont la lecture, parfois un peu pénible, est certainement des plus fructueuses, pourvu qu'on y prête l'attention qu'elle exige et qu'elle mérite à tous égards.

S'il est vrai que sur le terrain de la sociologie, ou en d'autres termes au point de vue de la façon de comprendre la vie en commun et d'y conformer tous les citoyens par l'éducation, il existe un véritable abîme entre les Chinois et nous, on peut dire sans hésiter qu'un abîme non moins profond nous sépare de leur manière de voir sur le terrain religieux. Les basses classes qui ont embrassé le côté formaliste du bouddhisme et celles qui se sont enrôlées sous la bannière des charlatans taosséistes pratiquent, il est vrai, un culte idolâtre qui ne ressemble que trop à certains cultes du monde occidental. Mais en Chine, ces basses classes ne comptent pour rien dans le pays, où elles vivent à l'écart et sont subordonnées de la façon la plus absolue à une caste supérieure, omnipotente, respectée de tous, une caste à laquelle chacun

---

1. *Annales de l'Alliance Scientifique*, t. IV, p. 335.

peut appartenir s'il aime le travail, la caste des Lettrés. Pour cette caste supérieure, c'est à peine si l'on peut dire qu'il existe une religion quelconque. Et si l'on veut trouver en Chine des traces de manifestations religieuses proprement dites, il faut remonter jusqu'aux périodes légendaires; car la prépondérance de l'enseignement philosophique et purement moral sur le système de l'éducation populaire semble à bien des égards aussi ancienne que la première dynastie du Royaume du Milieu. La littérature chinoise nous a bien conservé quelques traces d'un polythéisme grossier et rudimentaire qui aurait été la religion des premiers Chinois[1]; mais ce polythéisme paraît déjà battu en brèche à l'époque du souverain semi-historique qu'on nomme *Hoang-ti* « l'Empereur Jaune », et dont le règne, antérieur à la naissance d'Abraham, remonterait au XXVIIᵉ siècle avant notre ère. C'est en effet à ce prince et aux officiers de son entourage que quelques écrivains indigènes se plaisent à attribuer les origines de la grande pensée sur laquelle le philosophe Lao-tse a jeté les bases du Taoïsme.

Les travaux d'érudition des orientalistes nous ont habitué à croire que le point de départ du mouvement philosophique et religieux chez les Chinois devait être placé à l'époque de Confucius, c'est-à-dire au VIᵉ siècle avant notre ère. Bien qu'il soit un peu excessif de tirer une telle conclusion de ces travaux, il faut reconnaître qu'on y trouve bien peu de renseignements sur la marche des idées dans les temps antérieurs à ce siècle. En lisant néanmoins avec quelque soin l'histoire de la vie du célèbre instituteur de Lou, on n'hésite pas à constater que loin de présenter sa doctrine comme une invention personnelle, il l'avait offerte à ses nombreux adeptes comme une simple restauration de la morale an-

---

1. Notamment dans le *Chan-haï-king*, dont j'ai publié pour la première fois la traduction avec un grand commentaire, dans les *Mémoires du Comité Sinico-Japonais* de la Société d'Ethnographie, t. IV et suiv.

tique. Les livres dits sacrés de Confucius ne sont pas son
œuvre : il n'en a été que l'éditeur, et le nom de *King* qu'on
leur donne signifie en réalité des documents «traditionnels».

On peut sans doute prétendre que la haute antiquité
qu'on attribue aux *King* est à certains égards un peu imagi-
naire, et que Confucius, en les fabriquant de toutes pièces,
a bien pu les donner pour des textes anciens, en vue de
s'assurer un point d'appui dans le passé. Cette opinion ne
saurait être aisément soutenue ; et, à moins de se montrer
aporétique à outrance sur tout ce qui se rapporte aux vieilles
déclarations de l'histoire écrite, il est bien difficile de contester aux éléments des livres sacrés de la Chine une date
très lointaine. La plus grande partie du *Chou-King*, et sans
doute aussi du *Yih-king*, présente tous les caractères d'au-
thenticité que la critique la plus exigeante est en droit de
réclamer. Pour peu qu'on ait acquis un certain sentiment de
la méthode philologique, on arrive à se convaincre, par
exemple, qu'on n'invente pas de propos délibéré un recueil
de chants populaires tel que le *Chi-king*, et cela sans laisser
des traces évidentes du procédé falsificateur.

Il y a en outre un raisonnement peu contestable, ce me
semble, et qui aboutit à la conclusion que le travail des idées
était déjà fort ancien dans la Chine, lorsque apparut la haute
personnalité de Confucius. Ce moraliste populaire n'était pas
un météore isolé qui surgit tout à coup au milieu des
ténèbres de l'ignorance et de l'obscurantisme. Il avait pour
contemporain un homme d'un génie infiniment supérieur au
sien, le philosophe Lao-tse, dont la puissance de conception
tient du prodige, surtout si l'on songe à l'époque et au pays
où elle s'est manifestée. Ce profond penseur, après avoir
réfléchi sur les causes et les fins possibles de la vie, arriva à
cette étonnante conception de la force génératrice et évolu-
tive de l'univers nommée « *le Tao*[1] », et ce fut comme corol-

1. 道 *tao*.

laires de ce concept qu'il jugea possible de formuler quelques principes relatifs à la règle de conduite des hommes et à leur organisation sociale. Le système de Confucius avait l'avantage d'être aisément intelligible pour la foule : aussi fut-il adopté par la grande masse de ses compatriotes d'une façon en quelque sorte indélébile. Les théories de Lao-tse, au contraire, exigeaient pour être comprises des efforts exceptionnels et continus de la réflexion, et, pour ce motif, elles n'étaient accessibles qu'aux esprits méditatifs et laborieux : elles ne pouvaient guère survivre à leur créateur, ou du moins elles ne devaient parvenir aux âges futurs que sous une forme absolument fausse et dénaturée.

Confucius, dont les savants missionnaires de Péking ont rendu le nom célèbre parmi nous en lui donnant une tournure latine, n'avait rien de ce qui caractérise un penseur original : c'était, en revanche et dans toute la force du terme, un homme de bon sens, un homme pratique, un « opportuniste » qui sut comprendre d'une façon remarquable les tendances et les besoins du grand peuple au milieu duquel il était né. Il imagina, de la sorte, un mode d'organisation politique et sociale de nature à assurer à ses compatriotes le calme de l'existence et, avec le calme, une large part de bonheur domestique. En dehors de ce mérite, que les siècles successifs apprécièrent hautement dans la région du fleuve Jaune et fort au delà, son esprit ne possédait rien qui pût lui découvrir des voies nouvelles dans l'obscur et périlleux domaine de la métaphysique. On a dit, non sans motif, que Confucius était athée. Et comme il n'avait pas la conviction que l'homme possédât en lui quelque chose d'immortel, il ne promit la survivance d'outre-tombe que par la perpétuité du souvenir. C'est dans le but de donner aux hommes cette modeste satisfaction qu'il tint à établir le Culte des Ancêtres sur les plus larges bases et comme une des institutions les plus nécessaires à l'espèce humaine.

L'immortalité, par le seul fait du souvenir qu'on conservera de nous après la mort, ne semble pas, dans nos milieux, un mobile suffisant pour encourager au bien, surtout si notre esprit n'a pas encore su triompher des espérances illusoires et démoralisatrices d'une rémunération mercenaire. Aux yeux des Chinois et des peuples qui ont subi l'influence de leur civilisation, l'immortalité par le souvenir est loin d'être une récompense sans valeur. Si l'homme hésite à s'en montrer satisfait, c'est uniquement lorsqu'il n'est pas convaincu de la perpétuité du souvenir.

L'enseignement de Confucius, néanmoins, s'il répondait en Chine d'une façon suffisante aux besoins de la masse, n'était pas de nature à satisfaire l'irrésistible curiosité des esprits supérieurs qui, par l'étude et la méditation, étaient devenus avides de toucher aux grands problèmes de l'existence. Ces problèmes se posèrent inévitablement aux yeux des disciples du célèbre moraliste de Lou, et de louables efforts furent accomplis dans l'espoir d'arriver à les résoudre. Parmi ces disciples, Mencius, un des premiers, monta sur la brèche, tout en professant la méthode du Maître et son peu de goût pour la métaphysique. Il devint de la sorte un sociologiste, un économiste, et par moments un véritable pionnier sur les hautes sphères de la philosophie positiviste.

Je n'ai pas la prétention, dans une aussi courte note, de donner un aperçu, même succinct, de la doctrine de Mencius, ni de signaler d'une façon suffisamment explicite la rare indépendance de son esprit au sein d'un empire que nous considérons assez à tort comme l'un des plus absolutistes et des plus despotiques de la terre. Qu'il me suffise de dire qu'il sut élever très haut la voix en présence des puissants de ce monde et que, s'il n'enseigna pas le droit à la révolte consigné dans les principes de notre grande Révolution, il alla jusqu'à proclamer indemnes en certains cas les citoyens qui n'hésitent pas à devenir régicides[1]. L'indépendance

1. Liv. I, p. 2, § 8.

de son caractère, la façon énergique, parfois même un peu violente, avec laquelle il se fit un devoir de condamner la tyrannie et les caprices des princes, ont puissamment contribué à établir sa réputation. C'est lui qui a osé prétendre, — et cela en Chine, — que, dans ce monde, le peuple est ce qui a le plus d'importance et le souverain ce qui en a le moins; qu'il faut enfin se conformer à la volonté du Ciel qui ne parle pas, mais qui voit avec les yeux du peuple et entend avec ses oreilles.

Parmi les problèmes de philosophie spéculative que Mencius jugea à propos de discuter, il en est un dont l'intérêt s'accroît par le fait qu'il a été envisagé à des points de vue différents par un certain nombre de penseurs célèbres de la Chine ancienne. Je veux parler de la question de savoir si le naturel de l'homme, considéré dans son état primitif et en dehors de tout changement qui peut résulter de la culture et des influences extérieures, est par lui-même bon ou mauvais; en d'autres termes, si la caractéristique et le point de départ de ce naturel est le Bien ou le Mal, et comment, dans l'un et l'autre cas, peut se produire le progrès intellectuel et la rectification morale.

Le terme chinois *sing*, sur lequel repose cette grande dispute est d'ordinaire interprété par « le naturel » ou « le tempérament ». En caractères idéographiques, on emploie pour l'écrire un signe[1] composé de l'image « du cœur » jointe à celle de « la naissance » ou de « la production ». Les dictionnaires indigènes nous montrent en outre, par une foule d'exemples précieux, que le mot *sing* a une signification d'une large portée philosophique dans les écrits des philosophes de la Chine[2].

1. 性, *sing*.
2. Le mot *sing* exprime le caractère instinctif de l'homme; les sentiments dont il est doué à sa naissance; les aptitudes morales qu'il a reçues de la nature en venant au monde; ce qui, dans le naturel de

Or, Mencius soutenait que le *sing* de l'homme était essentiellement bon. Sa doctrine à cet égard, contestée par plusieurs écrivains de son temps et des siècles postérieurs, a fini néanmoins par prévaloir et par s'enraciner dans l'esprit chinois d'une façon tellement solide qu'elle est devenue, sous la forme d'un aphorisme, le précepte en quelque sorte initial de l'enseignement primaire dans les écoles publiques du Céleste-Empire[1].

Le principal objectif de Mencius était de combattre une théorie professée de son temps par le philosophe Pouh-haï ou Kao-tse, théorie qu'on a vue renaître d'âge en âge sous tous les climats, et suivant laquelle le mieux pour l'homme est d'opérer un retour en arrière et de revenir à l'état primitif. L'école de ce Kao-tse prétendait que les princes sages et intelligents doivent cultiver la terre tout aussi bien que les gens du peuple et ne se nourrir que du fruit de leur travail ; elle enseignait enfin que la nature de l'homme

l'homme, a un caractère spontané ; un don du Ciel, c'est-à-dire un phénomène qui fait débuter l'être dans la vie sous l'empire d'une loi supérieure et le place, au début de sa carrière, dans une condition absolument passive ; l'état intelligent ou stupide, bon ou mauvais qui est notre point de départ dans ce monde ; les dispositions intellectuelles que nous tenons à la fois du Ciel et de la Terre ; les principes qui sont la base de notre tempérament (et de nos tendances) ; le sentiment rudimentaire que nous avons en nous-mêmes, et sans qu'il résulte d'aucune influence extérieure, de l'altruisme, de la justice et de la sagesse ; la condition primordiale (*pen-ti*) de l'homme ; la destinée (*cœli mandatum*) ; le principe de tous les êtres (*wan-wouh tchi pen*) ; ce que le Ciel a décrété (*tien tchi so ming*) ; ce qui est en accord avec les lois du Ciel (*tien tchi tsieou*) ; ce qui est la résultante du dualisme représenté par le Ciel et la Terre, ou par le *yang*, principe mâle et le *yin*, principe femelle. Suivant d'autres auteurs, les facultés qui proviennent spécialement du principe mâle ; le sentiment de la vertu ; les cinq états de notre caractère naturel, savoir : la joie, la colère, l'envie, la crainte et la tristesse ; les sentiments naturels, etc., etc.

1. *Jin seng pen chen* « la nature de l'homme est bonne au point de départ » (*San-tse king*).

n'est par essence ni bonne ni mauvaise, et qu'elle ne penche vers le bien ou vers le mal qu'autant qu'elle y est poussée par des influences extérieures, telles que l'éducation : « Elle est semblable à l'eau courante qui coule vers l'Orient, si on la dirige vers l'Orient, ou qui coule vers l'Occident, si on la dirige vers l'Occident. »

Mencius répondait que la nature de l'homme étant essentiellement bonne, il n'y avait qu'à ne pas lui fournir les moyens de se corrompre et à savoir en tirer un parti. Mais, pour en tirer parti, il faut faire appel au concours des sages et mettre entre leurs mains la direction du monde. C'est donc un système néfaste que celui qui consiste à obliger tous les hommes indistinctement aux travaux matériels. Il faut, disait-il, que ceux qui travaillent avec l'esprit gouvernent les autres, et que ceux qui travaillent avec le corps soient gouvernés par les autres. La division et la répartition du travail est ainsi de toute nécessité pour le bon ordre social[1]; et pour que le bon ordre social existe, il faut que les rênes du gouvernement soient mises entre les mains de la classe lettrée de la nation. Quant à la comparaison de la nature humaine à l'eau courante qui n'a pas plus de tendance à couler vers l'Est que vers l'Ouest et qui se dirige de l'un ou de l'autre côté d'après l'issue qu'on lui a ouverte, Mencius juge qu'elle n'est pas péremptoire. Il est certain que l'eau suit indifféremment la direction qu'on lui donne, mais il est tout aussi certain qu'elle coule toujours de haut en bas et jamais de bas en haut.

Je me borne à cet exemple de la manière d'argumenter de notre moraliste. Très à la mode alors dans son pays, cette manière est peut-être un peu moins goûtée sous nos climats. Il ne faudrait cependant pas en conclure que les arguments dont

---

1. Cette manière de voir est également celle de l'un des antagonistes de Mencius, le philosophe Siun-tse dont il sera parlé plus loin (voy. p. 242).

il fait usage à l'appui de sa thèse sont tous dépourvus de valeur. Il a notamment aperçu avec assez de justesse le caractère spontané de certains sentiments dans le cœur humain, sentiments qui se manifestent sans avoir besoin d'aucune intervention extérieure, d'aucun enseignement. L'homme possède d'une façon spontanée, dans son for intérieur, le sentiment de la pitié et de la miséricorde, le sentiment de la honte et de la haine pour le vice. S'il aperçoit un enfant sur le point de tomber dans un puits ou d'être écrasé, il fait un mouvement indépendant de toute réflexion pour lui prêter secours ; il ne lui est pas nécessaire pour accomplir ce devoir altruiste qu'on le lui ait enseigné à l'école. Toutefois Mencius et ses disciples ne semblent pas avoir compris que ce phénomène est la caractéristique d'une période rudimentaire du développement moral de l'individu, la période de l'instinct primordial, et que l'individu est appelé à franchir la limite de cette période pour aboutir à celle du bien conscient, libre et réfléchi. Ce n'est que plus tard qu'on peut rencontrer, dans la philosophie chinoise, une vague aperception de cette grande vérité tout aussi biologique que philosophique.

La doctrine de Mencius, au sujet de la nature originellement bonne de l'homme, a eu dans la personne du philosophe Siun-tse un ardent contradicteur.

« Siun-tse, lit-on dans une notice chinoise qui lui est consacrée, avait le petit nom de *Hoang* et également celui de *King;* son nom de famille était *Sun* [1]. Il servit dans le pays de Tsou et fut gouverneur de Lan-ling, dans la province du Tcheh-kiang. On lui doit un ouvrage composé de trente-deux livres. Le philosophe Tching-tse dit à son sujet :

---

1. 孫 *Sun.* — Il ne put conserver son véritable nom de *Siun*, lors de la dynastie des Han, parce que c'était celui de l'Empereur sous le règne duquel il vivait, et que l'usage veut en Chine que personne ne fasse usage du nom porté par le souverain.

« Si l'on se conforme aux paroles de Siun-tse, on peut entrer dans la Voie. Siun-tse prétendait toutefois que la nature de l'homme était mauvaise, que les empereurs Yao et Chun avaient été des hypocrites, et que les philosophes Tse-sse et Mencius n'avaient fait que répandre le désordre dans l'univers. Quant à son disciple Li-sse (ministre de l'empereur Tsin-chi Hoang-ti), il provoqua le malheur de la mise à mort des Lettrés et de l'incendie de livres. C'est pour ce motif que Siun-tse a été exclu de l'enseignement régulier (*ming-kiao*) [1]. »

L'œuvre de Siun-tse mériterait cependant d'être traduite dans une langue européenne, et jusqu'à présent on ne possède, autant que je sache, qu'une version anglaise d'un seul de ses chapitres [2], celui qui est relatif à la nature de l'homme. On y lit que l'homme a une nature mauvaise et que le bien qu'on veut y voir est fallacieux. Le sentiment de ce que nous appelons aujourd'hui « la concurrence vitale » se manifeste dès sa naissance et ne fait que s'accentuer par la suite. Les sens provoquent chez lui toutes les débauches de l'esprit et du cœur. Il en résulte que le système qui conseille de se conformer aux tendances de la nature humaine conduit inévitablement au vice, à l'oubli du devoir, au trouble de la raison, et finalement à la barbarie primitive. Ce n'est que par l'intervention salutaire des Sages et par les lois que l'homme arrive à l'honnêteté et à la bonne conduite. Il est de la nature de l'homme quand il a faim de vouloir se remplir l'estomac, quand il a froid de vouloir se réchauffer, quand il est fatigué de vouloir prendre du repos. Et si l'homme se refuse parfois à prendre de la nourriture quand il a faim, à se réchauffer quand il a froid, à prendre du repos quand il est fatigué, c'est parce que l'idée d'accomplir une action méritoire l'y engage et l'y oblige. Il se met alors

1. *Tchôu-tse loui-han*, t. X, p. 1.
2. Voy. James Legge, *Chinese Classics*, t. II, p. 82.

en révolte avec sa nature qui le pousse à ne songer qu'à
la satisfaction de ses besoins personnels. Cette révolte morale contre ses tendances innées ne résulte pas nécessairement de la nature de l'homme qui le pousse au mal, mais
d'un certain sentiment d'abnégation qui lui a été inculqué
par l'enseignement des Sages. Le mal se produit d'une façon
spontanée et sans effort chez l'homme; le bien, au contraire,
ne se produit que par une sorte de lutte de l'homme
contre lui-même. Si les saints empereurs de l'antiquité Yao,
Chun et Yu sont des modèles de sagesse et de vertu, ce
n'est pas parce que leur nature valait mieux que celle des
autres, mais parce qu'ils ont *appris* à réduire à néant les
mauvaises impulsions de leur nature. L'empereur Chun, d'ailleurs, n'a-t-il pas dit à Yao qu'il avait associé à l'Empire :
« Les sentiments naturels de l'homme sont loin d'être beaux;
chez les Sages seulement, il n'en est pas ainsi. L'homme
le mieux doué par la nature ne saurait éviter le mal sans
se mettre sous la direction de sages maîtres et sans faire
un heureux choix d'amis pour vivre dans leur société.
Si vous ne connaissez pas les sentiments de votre fils,
voyez quels sont ses amis; si vous ne connaissez pas les
sentiments de votre prince, voyez quels sont ses asses-
seurs. »

Ce chapitre du livre de Siun-tse, qui est fort célèbre en
Chine, n'en repose pas moins sur une certaine logomachie
dont la plupart des philosophes chinois, — sans parler des
philosophes occidentaux, — font souvent un usage un
peu excessif. Je crois que pour juger avec justesse le caractère de Siun-tse, il serait nécessaire de prendre con-
naissance des autres parties de son livre. En lisant avec soin
l'ensemble de son œuvre, on y trouverait peut-être qu'il se
complait trop souvent dans des comparaisons inutiles et en-
fantines, mais on lui accorderait le mérite d'avoir entrevu
la nécessité d'une philosophie positive et dégagée en grande
partie de l'attirail formaliste dont Confucius et ses disciples

ont entouré l'enseignement de la sociologie et de la morale publique.

Suivant Siun-tse, la raison du Ciel est tellement insondable que le Sage ne cherche pas à la comprendre et se préoccupe seulement des affaires humaines. Il doit suffire à l'homme de trouver que la mission du Ciel est accomplie par le fait qu'il a reçu un organisme au milieu duquel, lorsqu'il est définitivement développé, se produit le « principe animique », source de l'amour, de la haine, de la joie, de la colère, de la tristesse et de la jouissance. Nos cinq sens (ou kouan[1]), sont solidaires les uns des autres : ce sont les agents du Ciel. Le cœur qui existe dans le vide central de notre être pour présider au travail de nos cinq sens, en est l'élément directeur que nous tenons également du Ciel[2]. La fortune, qui est indépendante de la nature humaine, répond à ses besoins : c'est ce qu'on nomme « la providence céleste ». Se conformer à la condition que nous a faite la providence, c'est le bonheur ; ne pas s'y soumettre, c'est le malheur. Méconnaître l'élément directeur que nous tenons du Ciel, laisser se produire le désordre dans le travail de nos sens, dédaigner la providence céleste, ne pas se soumettre à l'autorité céleste, ne pas tenir compte des intentions célestes et contrecarrer ainsi l'œuvre du Ciel, c'est ce qu'on appelle « le grand fléau[3]. »

Siun-tse voit assez en noir la condition de l'espèce humaine ici-bas. Son pessimisme cependant ne fait pas de lui un révolutionnaire comme Mencius et encore moins un anarchiste comme Lao-tse. Il ne saurait concevoir un État sans prince pour le gouverner ; et, à l'exemple de Confucius,

1. 五官 ou kouan.

2. 天君 tien-kiun.

3. Siun-tse, Chi-teh tang-kan, liv. XI, p. 17 et suiv.

la sauvegarde des intérêts du souverain lui semble digne de
la plus sérieuse attention. Il revendique néanmoins par
moments les droits du peuple et soutient que, s'ils ne sont
pas respectés, la monarchie est non seulement en péril, mais
impossible. « Quand la hiérarchie sociale n'est pas réglée
(d'une manière précise), la situation de la foule n'est pas
définitivement assurée. Quand la situation de la foule n'est
pas définitivement assurée, la situation (respective) du prince
et des sujets n'est pas établie. S'il n'y a pas de prince pour
gouverner les sujets, il n'y a pas de supérieurs pour gouverner les inférieurs, et alors l'Empire est dans l'infortune, et il
naît des ambitions illégitimes.—Tout le monde désire et hait
les mêmes choses. Et comme les désirs sont nombreux et
les objets qui peuvent les satisfaire rares, leur insuffisance
engendre nécessairement des querelles. Il en résulte que si
tous les gens capables peuvent bien fournir les produits de
leur industrie pour « un Seul-Homme » (l'Empereur), ils
ne peuvent pas cumuler pour la masse (les avantages de)
tous les métiers, ni permettre à tous les hommes d'occuper
toutes les fonctions publiques. Il faut donc établir des divi-
sions dans l'État ; et du moment où chacun s'occupe tran-
quillement de son métier, l'Empire est bien gouverné. Dans
le cas contraire, le désordre y régnera. — Si les hommes
vivent séparément et ne s'entr'aident pas, il en résulte le
dénûment. S'ils forment une foule sans répartitions (sans
attributions spéciales), il en résulte l'hostilité mutuelle. On
veut dire par là que sans solidarité la société est impossible, et que même avec la solidarité, s'il n'y a pas de répartition sociale, la société est également impossible. Le dénûment, c'est la souffrance ; l'hostilité, c'est le malheur. Rien
n'est tel que d'établir avec intelligence la place respective
de chacun dans l'État [1]. »

1. Siun-tse, *Chi-teh tang-kan*, ch. Fou-koŭeh (Manière d'assurer la
fortune du pays), liv. VI, p. 1 et suiv.

À cette grande dispute, engagée sur la nature essentielle de l'homme, vient prendre part un autre philosophe, Yang-tchou ou Yang-tse, qui refuse de se ranger à l'opinion de Mencius aussi bien qu'à celle de Siun-tse. Suivant sa doctrine, le bien et le mal existent simultanément dans la nature de l'homme : la sagesse consiste à tirer le meilleur parti possible de la condition sans cesse variable et infime dans laquelle il se débat misérablement sur la terre.

Yang-tchou professait une sorte de pessimisme mitigé de quiétisme résigné. Il ne paraît pas qu'une telle doctrine ait répugné aux anciens Chinois. Loin de là : elle était très populaire dans leur pays plusieurs siècles avant notre ère. C'est Mencius lui-même qui nous l'apprend : « Les paroles de Yang-tchou et de Meh-tse, dit-il, remplissent le monde. Ceux qui ne suivent pas les maximes de l'un se conforment aux maximes de l'autre. Le premier nous dit de vivre chacun pour soi et méconnaît ainsi le droit du prince; le second nous recommande d'aimer tous les hommes également et ne reconnaît pas ainsi les prérogatives du Père de Famille. Ne tenir compte ni du Père de Famille, ni du Prince, c'est choir dans la condition de l'animalité. »

Les raisonnements de Yang-tchou étaient de ceux que la multitude inculte accueille d'autant plus aisément qu'ils répondent à tous ses instincts de révolte contre l'inégalité des situations sociales et contre les injustices apparentes du destin. Ces raisonnements, d'ailleurs fort simples et n'entraînant aucun effort intellectuel, paraissent aux yeux du peuple d'un positivisme évident et justifié par ce qui se passe autour de lui. En les adoptant pour règle de conduite, l'esprit n'a plus à souffrir des luttes qu'on le convie d'engager dans l'espoir d'obtenir un dédommagement, une satisfaction à très longue échéance et en plus d'une réalité douteuse. Yang-tchou rappelait à ses adeptes que la vie est courte, beaucoup plus courte même qu'on ne le croit lorsqu'on ne réfléchit pas suffisamment à la façon suivant laquelle elle s'écoule. La vie d'un centenaire, — et il n'y a pas, dit-il, un homme sur mille qui ait l'avantage d'en jouir, — se réduit à bien peu de chose, si l'on tient compte des moments inutiles ou malheureux qui en remplissent la majeure partie ; l'état inconscient de la première enfance qui se renouvelle avec la vieillesse, les heures perdues durant le sommeil et même durant les veilles, les nombreux instants que nous passons dans l'anxiété, dans le chagrin ou dans la souffrance, laissent à peine au centenaire la valeur de dix ans de vie effective, et ces dix années, il n'arrive pas encore à les employer de façon à répondre aux désirs qu'il éprouve et qu'il lui est impossible de satisfaire. Les Anciens songeaient mûrement à la brièveté de la vie, à la rapidité avec laquelle la mort vient tout d'un coup nous surprendre, et ils suivaient en conséquence les impulsions de leur cœur[1], ne se refusant pas ce qu'il leur semblait agréable et ne cherchant pas à fuir, pour de vaines raisons morales, n'importe quel plaisir. « Ce qui est différent chez les êtres, disait Yang-tse, c'est la vie ; ce qui est semblable, c'est la mort. L'intelligence ou la stupidité, la noblesse ou l'abjection, voilà ce qui constitue la différence réelle entre les hommes pendant leur vie. La puanteur, la pourriture, la dissolution et l'anéantissement, voilà ce qui les rend semblables après la mort. L'intelligence ou la stupidité, la noblesse ou l'abjection, ne dépendent pas plus de nous que la puanteur, la putréfaction, la dissolution et l'anéantissement... Les hommes meurent aussi bien à l'âge de dix ans qu'à l'âge de cent ans ; les bons et les intelligents périssent absolument comme les mauvais et les sots. Durant leur vie, les premiers ont été sages comme Yao et Chun : morts, ils n'ont plus été que des os tombant en poussière. Pendant leur existence, les seconds ont été criminels comme Kieh et

1. Cette idée a été exprimée d'une façon assez originale dans le célèbre poème du viie des tsaï-tse modernes, le *Hoa-tsien*.

Tcheou : morts, eux aussi, ne sont plus que des os réduits en poussière. Tirons donc le meilleur parti possible de la condition qui nous a été faite en ce monde, et ne nous préoccupons pas inutilement de ce qu'il adviendra de nous après la mort. »

Partant de ces prémisses, Yang-tse conseille aux hommes d'accueillir sans révolte inutile la vie quelque amère qu'elle soit, de profiter des moments heureux qui se présentent par hasard et de ne point les troubler par de vaines préoccupations d'outre-tombe; puis, quand l'heure suprême est arrivée, de voir venir la mort avec indifférence et de s'abandonner avec calme à l'anéantissement.

Notre philosophe ne se contente pas de raisonner sur cette question : il tient à produire des preuves historiques de la solidité de son raisonnement. D'après lui, les Sages les plus illustres de l'antiquité, Chun, Yu, Tcheoukoung et Confucius ont eu en définitive une vie abreuvée d'amertume et sont morts de la façon la plus désolante. « Ces quatre sages, dit-il, n'ont pas goûté durant leur vie un seul jour de joie. Morts, il est vrai, ils sont devenus célèbres pour une durée de dix mille générations; mais cette célébrité n'est pas ce qu'il est raisonnable de vouloir. On a rendu hommage à leur mérite, mais ils n'en savent rien! La réputation n'est pas plus avantageuse pour eux que pour un soliveau. » Puis Siun-tse poursuit en montrant que les plus grands coupables de l'antiquité, Kieh, par exemple, dernier prince de la dynastie des Hia, connu par ses actes d'une sauvage et odieuse tyrannie, aussi bien que Tcheousin, le dernier prince de la dynastie des Chang et l'un des despotes les plus abominables et les plus débauchés des temps primitifs, ont eu en somme pendant leur vie toutes les jouissances imaginables et toutes les satisfactions de leurs désirs. Après leur mort, leur souvenir, il est vrai, a été exécré, mais ils n'en savent rien! Ce qui a été réel, c'est le bonheur dont ils ont joui et dont une grande renommée posthume est impuissante à fournir l'équivalent.

Si l'œuvre de Yang-tse, à en juger par le peu qu'on en connaît jusqu'à présent[1], provoque un certain dégoût dans notre esprit, celle de Meh-tse nous est sympathique au premier abord[2]. Il est cependant désirable de l'examiner de près avant de l'accueillir avec l'enthousiasme dont elle a été l'objet et peut-être prudent de ne pas se laisser entraîner trop vite par l'attrait de la dénomination de « Doctrine de l'Amour universel » qu'il a cru devoir lui donner.

On ne sait pas bien à quoi s'en tenir sur l'époque où vécut ce Meh-tse. Le grand historiographe Sse-ma Tsièn rapporte que les uns en font un contemporain de Confucius, tandis que d'autres le font vivre plus tard[3]. M. James Legge pense qu'il florissait un peu avant Mencius.

Suivant Meh-tse, tous les désordres, tous les malheurs qui arrivent en ce monde ont pour cause l'absence d'Amour mutuel. Si chaque homme considérait la maison de son voisin comme la sienne, y aurait-il jamais des voleurs ? Si les hauts fonctionnaires considéraient la famille des autres comme la leur, auraient-ils jamais la pensée d'y accomplir des abus de pouvoir et des actes de déprédation ? Si les princes considéraient les pays étrangers comme leur propre domaine, songeraient-ils jamais à faire appel au carnage et à la dévastation pour s'y introduire par la force et s'en emparer ?

---

1. Voyez le chapitre *Sing ngo pièn*, publié en chinois et en anglais par M. J. Legge, dans ses *Chinese Classics*, t. II, p. 82.

2. L'éminent sinologue de Louvain, Mgr C. de Harlez, n'a pas hésité à dire au sujet de Meh-tse : « Au point de vue moral et politique, il est au-dessus des plus grands génies de la Grèce. » (*Mi-tze, le Philosophe de l'Amour universel*, p. 1.) — Le célèbre écrivain Han-yu (768-824 de notre ère) considérait la doctrine de Meh-tse comme une forme particulière du Bouddhisme. Cette opinion est loin d'être sérieusement établie.

3. *Sse-ki*, LXIV et XIV in fin. (Legge, p. 103).

Ce sont là des vérités évidentes, des lieux communs qui ont été maintes fois répétés depuis lors ; mais toute la question est de savoir comment les hommes peuvent parvenir à pratiquer ce système de l'Amour universel et abandonner celui de l'Intérêt individuel ? Voilà ce à quoi le philosophe Meh-tse a eu la prétention de répondre par son enseignement. Prendre une ville d'assaut, se rendre maître d'un champ de bataille, ou sacrifier sa vie pour la gloire, dit-il, semblent au premier abord des actions bien difficiles à réaliser ; mais pour peu que le chef de l'État en exprime le désir, les fonctionnaires et le peuple se montrent bien vite capables de triompher des difficultés. Combien est-il plus facile de faire pénétrer dans l'esprit du peuple le sentiment de l'Amour mutuel ! Ne suffit-il pas pour cela de montrer les choses comme elles se passent dans le monde ? Si un homme en aime un autre, cet autre l'aimera ; s'il rend service à autrui, autrui lui rendra service à son tour. Si, au contraire, un homme déteste son prochain et lui fait du mal, son prochain à coup sûr lui rendra la pareille. Ce qu'il faut, c'est que ceux entre les mains desquels sont placées les rênes du gouvernement professent de bons principes : la foule les suivra et se soumettra à leurs injonctions. Si le chef de l'État témoigne de l'estime pour ceux qui se contentent d'une nourriture grossière et de pauvres vêtements, s'il proclame son admiration pour ceux qui sacrifient volontiers leur existence pour accomplir des actions glorieuses, la masse deviendra ennemie du luxe et indifférente pour la mort. Combien est-il plus aisé de la conduire dans la voie de l'Amour mutuel, du moment où rien ne sera plus simple que de lui faire comprendre qu'elle a tout avantage à choisir cette voie de préférence à une autre !

La pensée dominante de l'esprit de Meh-tse est d'établir que l'intérêt bien compris de l'individu consiste à témoigner des sentiments d'affection pour ses semblables. Mais Meh-tse, comme tous ses compatriotes, était très chinois. Il n'est donc pas étonnant qu'il ait surtout attribué à l'initiative des princes le moyen de faire accepter cette manière de voir par le peuple. Il exprime toutefois son opinion à cet égard dans des termes très sensés : « Celui qui gouverne les hommes, dit-il, doit avoir les moyens de changer leur manière d'agir. Gouverner quelqu'un sans avoir le moyen de changer sa nature, c'est comme si on le noyait pour éviter qu'il périsse par le feu. »

La répugnance de Mencius pour cette doctrine de l'Amour universel provient surtout des principes confucéistes suivant lesquels l'organisation politique et la morale doivent reposer exclusivement sur l'idée de la Famille et non point sur celle de la confraternité générale des hommes. L'économie que l'École de Meh-tse recommande, par exemple, lorsqu'il s'agit des funérailles d'un parent, le scandalise au plus haut point. Avoir pour tous les êtres les mêmes sentiments d'affection, — idée qu'on attribue à Meh-tse et qui, par parenthèse, ne résulte pas de son livre, — semble à Mencius une idée monstrueuse, et il revendique pour chacun le droit de préférer les siens à tous les autres. Il n'en fallait pas davantage pour assurer la condamnation des doctrines méhistes par le corps des Lettrés omnipotent en Chine, comme nous avons eu l'occasion de le dire. Lorsque Mencius fut élevé sous la dynastie des Soung au rang de « premier philosophe » chinois après Confucius [1], la doctrine de Meh-tse fut violemment attaquée, et le célèbre Tchou-hi fut au nombre de ses

---

1. Mencius a été proclamé 亞聖 *ya-ching*, expression que M. Mayers explique par « Second sage en rang après Confucius ». (*Chinese Reader's Manual*, p. 153.) — Le P. Basile de Glemona donne à ces mots une toute autre valeur : « Sic vocatur Mong-tse (Mencius), quasi licet non sanctis annumerandus, *ipsis* tamen sit immediatus. » (*Dict. Chinois-français-latin*, publié par Deguignes, 1813, p. 7.) — Je crois, pour ma part, devoir traduire par « sage » le mot *ching* qui n'entraîne pas précisément en chinois le sens que nous attachons en Europe à l'idée de « sainteté ».

plus terribles adversaires. De nos jours encore, il faut un
certain courage pour parler publiquement en Chine de cette
philosophie, et il est très difficile de se procurer aujourd'hui
un exemplaire de l'œuvre complète de son auteur [1].

En résumé, la doctrine de Meh-tse, qui a eu de nombreux
adeptes et non moins de détracteurs au Céleste-Empire,
est d'une assez médiocre portée et n'a rien à faire avec la
pensée bouddhique qu'on a cru y découvrir, au moins à
l'état d'embryon. Il n'a pas même su entrevoir le problème de la Vie et encore moins celui de la Destinée ; il
s'est laissé presque toujours conduire par des mots sonores,
mais absolument creux. Il ne pouvait en être autrement chez
un penseur qui semble n'avoir pas eu la moindre aperception
de l'idée de Dieu et qui, par conséquent, n'a pu concevoir
un motif d'Amour supérieur aux appels de la chair et du
sang. On chercherait, en effet, sans résultat, dans les petites
disputes de Meh-tse, les moindres vestiges d'une doctrine
déiste quelque peu réfléchie, doctrine dont on ne trouve
d'ailleurs en Chine des traces évidentes que dans les enseignements de Lao-tse, ce qui a permis aux Européens de
nommer ce grand instituteur à juste titre et aux dépens de
Confucius « le Philosophe chinois par excellence [2] ».

La lutte qui s'est engagée chez les Chinois sur la nature
primogène de l'homme et sur ses conditions d'existence en
société n'en est pas moins intéressante, ne serait-ce que
parce qu'elle nous montre l'impasse où viennent se heurter,
sous tous les climats, les penseurs qui, comme Laplace,
croient pouvoir se passer de l'hypothèse de Dieu. Chacun des
philosophes dont nous avons dit un mot a aperçu tant bien
que mal un des côtés du grand problème de la vie, mais

1. Voy. la *China Review*, t. VI, 1878, p. 336. — Je possède un
exemplaire d'une magnifique édition des *Meh-tse tsiouen-chou* « Œuvres
complètes du philosophe Meh-tse », publiée en 1757.

2. John Chalmers, *The Speculations of « the Old Philosopher »
Lau-tsze*. London, 1868, introduction, p. vii.

aucun n'a donné de preuves de cet esprit de critique, de méthode et de synthèse sans lequel les investigations de ce genre ne peuvent amener à aucun résultat définitif. Tous ont également méconnu les lois qui président aux périodes successives et nécessaires de l'évolution des êtres ; tous ont ignoré ce que sont en réalité l'instinct originel et les changements qu'il doit subir pour faire triompher l'être sensible et pensant des revendications de l'égoïsme et de la concurrence vitale.

Les vieux dissertateurs de la race Jaune nous ont montré ce que peut produire une philosophie qui se targue d'être exclusivement pratique et qui dédaigne pour ce motif de se préoccuper des périlleuses énigmes d'outre-tombe. Avec une telle philosophie, — philosophie positiviste s'il en fut jamais, — la Chine, comme je l'ai dit, a su se perpétuer au travers des siècles et se maintenir autonome jusqu'à nos jours ; mais elle s'est conservée comme se conservent les vieilles momies. Les Chinois prétendent qu'ils ont obtenu par leurs institutions immuables la plus haute somme de bonheur qu'il est possible d'obtenir ici-bas, qu'ils ont découvert le moyen de vivre aussi heureux qu'on peut l'être « sous le Ciel ». Ils persévèrent à nier le progrès et à se mettre en opposition flagrante avec le reste du monde. Nous autres, nous préférons notre vie agitée, nos incessantes révolutions, nos doutes, nos troubles de tous les instants, à leur existence calme et monotone ; et malgré les incontestables inconvénients et les périls de notre manière de voir absolument opposée à la leur, nous jugeons, en nous servant des paroles de la *Bible*, qu'au banquet de la vie, ils ont vendu leur droit d'aînesse pour un plat de lentilles. Nous sommes même reconnaissants à la première femme d'avoir poussé Adam à goûter à la pomme de l'arbre de la Science du Bien et du Mal, parce que cette action audacieuse nous a ouvert l'arène de la lutte pour la recherche de la vérité. Nous caressons enfin cet ardent désir de « connaître » qui parfois nous suggestionne au point de nous faire trouver une sorte de satisfaction dans la souffrance. On aurait certainement tort de contester les avantages du système confucéiste au point de vue de l'organisation rudimentaire d'une société humaine; mais nous ambitionnons quelque chose de plus au delà des périodes de recherches et de doute que nous traversons. Il est assez probable que notre race préférera toujours ce que les Chinois appellent nos vains rêves, à la froide et impuissante réalité de leurs enseignements.

CHALON-SUR-SAÔNE, IMP. FRANÇAISE ET ORIENTALE DE L. MARCEAU